Ce livre est dédié :
À toutes les familles s'occupant de leurs proches en situation de
handicap, ces êtres fragiles sont une bénédiction dans nos vies.

LA MERVEILLEUSE MEGHAN
NOTRE GRANDE-SOEUR

Par

Neeyo H. Ouelega

Seti A. Ouelega

&

Sylvie Nguena Ouelega, M.Ed. - BCBA

Illustrations: Rajpal Singh Ubhi

Édition: Victoria Andre King

Traduction: Dr. Véronique Michèle METANGMO

Rencontrez Meghan, Neeyo et Seti ! Trois adorables sœurs.

Peu importe le type de famille que vous avez, la vie en famille est souvent très intéressante. Cependant, cela peut aussi être un véritable défi. La vie avec notre grande sœur Meghan est tout cela, et bien plus encore !
Pour certaines personnes, Meghan peut sembler mystérieuse. Elle est atteinte de troubles du spectre autistique (TSA). Elle perçoit les choses différemment de la plupart des autres personnes, mais pour nous, elle est un rayon de soleil.
Venez avec nous et faites la connaissance de la Merveilleuse Meghan, notre grande sœur !

1

Meghan est notre grande sœur. Elle est très grande avec des cheveux noirs bouclés.

Meghan est gentille, joyeuse et a beaucoup d'énergie ! Elle aime rire, tourner en rond et courir, courir, courir.

3

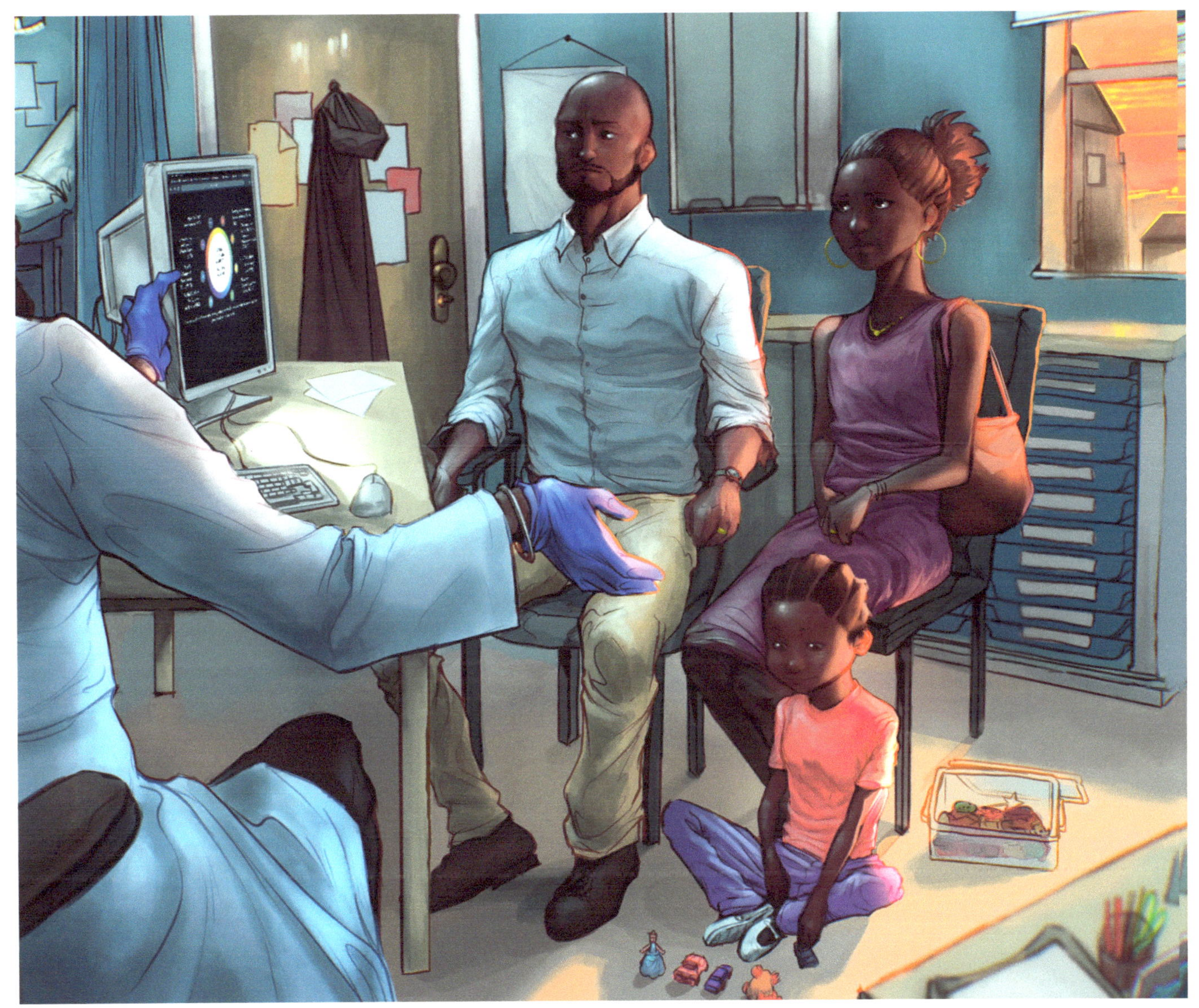

Meghan est autiste. Elle a été diagnostiquée à l'âge de quatre ans. L'autisme est un trouble cérébral (neurodéveloppemental) qui se caractérise chez les personnes atteintes, par une perception particulière du monde qui les entoure, ainsi qu'une manière d'interagir différente de ce qu'on attendrait.

Certaines personnes n'aiment pas jouer et parler avec les autres. Elles peuvent ne vouloir faire qu'une seule chose. C'est courant pour de nombreuses personnes autistes.

Le cerveau de Meghan est spécial, il fonctionne différemment. Elle voit et fait les choses d'une manière que d'autres personnes ne peuvent peut-être ni voir ni faire.

Il y a aussi des choses qu'elle ne peut pas faire sans aide, alors qu'elles peuvent sembler faciles pour vous ou pour nous. Meghan a différentes aptitudes.

Parfois, les personnes autistes ont des super pouvoirs. Ils possèdent une énergie formidable et peuvent faire des choses encore et encore sans se fatiguer.

Meghan aime se balancer, agiter ses mains, et surtout sauter quand elle est heureuse. Elle peut sauter pendant des heures sans s'arrêter.

Meghan saute partout où elle le peut ! Elle aime sauter sur son lit…

...et parfois sur le canapé!

Il y a quelques années, pour son anniversaire, Meghan a reçu comme cadeau un grand trampoline. Elle passe des heures à sauter dessus sans se fatiguer.

Même si elle ne préfère pas jouer avec nous…

Meghan nous laisse sauter sur le trampoline avec elle.

Nous avons une aire de jeux juste à côté de notre maison. Meghan adore se balancer sur les balançoires, grimper sur les barres de singe…

… et glisser sur les toboggans. Meghan veut tout le temps jouer au parc!

Quelques fois, Meghan est allée à l'aire de jeux sans que personne ne le sache, alors maintenant nous avons des serrures spéciales sur nos portes. Elle ne peut y aller maintenant que si elle est accompagnée de quelqu'un qui peut s'occuper d'elle comme notre maman ou notre papa.

Meghan apprend différemment de nous. Elle a besoin de beaucoup d'aide et de pratique. Elle apprend à son rythme. Elle a des thérapeutes qui viennent l'aider à la maison.

À l'école, Meghan n'a pas les mêmes cours que les autres enfants de son âge. Elle a des enseignants spécialisés pour l'aider à apprendre de nouvelles choses et des assistants spéciaux qui l'accompagnent pour les actes de la vie quotidienne.

Meghan a plusieurs façons de nous communiquer ses envies et besoins. Elle peut utiliser le langage des signes, pointer du doigt des choses ou nous tirer vers ce qu'elle veut.

Parfois, Meghan utilise sa tablette de communication pour nous dire des choses. Elle apprend également à dire quelques mots comme « céréales », « l'eau » et « télé ».

Lorsque Meghan est heureuse, elle a un grand sourire. Elle court souvent dans la maison en riant aux éclats. Pendant ces moments, elle aime tenir nos mains pour tournoyer.

Lorsqu'elle est frustrée, Meghan mord son vêtement et pleure. Elle pourrait aussi se cogner la tête contre le mur si elle est vraiment contrariée. Si nous nous rapprochons trop d'elle alors qu'elle ne se sent pas bien, elle pourrait nous faire du mal.

Meghan aime manger et a une alimentation variée comme nous. Ce qui n'est pas toujours le cas chez d'autres enfants autistes. Elle préfère les frites de pommes de terre et de plantains.

Meghan est TRÈS heureuse quand elle a bien mangé…

Quand elle a fini de manger, elle aime aller se coucher sur son lit.

Quand il est temps de dormir, Meghan aime que quelqu'un se couche avec elle. Quand elle est seule au lit, elle aime dormir avec ses jouets à côté d'elle.

Chez nous, pour s'assurer que Meghan ne mange que ce qu'on lui donne, le frigo et les amoires à provisions sont tous verrouillés.

Si on oublie de verrouiller le frigo ou une armoire, alors, Meghan mangera toute la nourriture qu'elle pourra trouver!

Meghan n'aime pas qu'on lui fasse des câlins ou qu'on l'embrasse, pas même par sa grand-mère!

Mais elle vous rit au nez lorsqu' elle est heureuse.

Meghan aime écouter de la musique et jouer avec n'importe quel jouet qui fait de la musique. Sa chanson préférée est celle de l'ours gommeux.

Nous aimerons toujours Meghan. Nous serons toujours là quand elle aura besoin de nous. Elle est peut-être différente, mais elle est "Lewu'h" pour nous, notre bénédiction, notre seule et unique grande sœur.

À PROPOS DES AUTEURS

La plus jeune membre de l'équipe de rédaction, Neeyo H. Ouelega est née dans l'État de l'Iowa quelques années après que Meghan ait été diagnostiquée autiste. Ses passions sont la peinture, la lecture, le dessin, la natation et le piano. Avec Meghan, elle aime aller au parc et à la piscine. Neeyo parle souvent de l'autisme dans son école en évoquant la vie de sa grande-sœur. Elle fait également des présentations sur l'autisme lors des manifestations de sensibilisation à l'autisme.

Seti A. Ouelega est née dans l'État du Texas quand Meghan avait presque deux ans. Seti aime lire, jouer du piano et faire une multitude de disciplines sportives, bien que les épreuves d'athlétisme soient ses préférées. Seti aimerait étudier le cerveau et la génétique lorsqu'elle ira à l'université. Elle souhaite à travers ces études mieux comprendre Meghan et d'autres personnes autistes. Dès son plus jeune âge, Seti a compris que Meghan était différente des frères et sœurs aînés de ses amis. Meghan n'a pas joué, ni pris soin de sa jeune sœur comme le faisaient les sœurs aînées de ses amis. Malgré l'incapacité de Meghan à jouer et à prendre soin d'elle, Seti a découvert de multiples façons d'aimer sa sœur telle qu'elle est. Elle apprécie d'enseigner de nouvelles choses à sa grande sœur et affectionne de passer du temps avec elle.

Sylvie Nguena Ouelega, est certifiée en analyse du comportement. Elle a quitté une carrière d'Expert-comptable auprès d'une grande banque commerciale américaine pour mieux comprendre et accompagner sa fille aînée, Meghan. Cette quête a conduit Sylvie à passer une maîtrise en éducation spécialisée à l'Université George Mason. Elle travaille actuellement comme analyste du comportement avec un organisme à but non lucratif qui accompagne les personnes avec des troubles du développement. Sylvie a formé de nombreux professionnels et membres de la famille dans l'accompagnement des personnes en situation de handicap. Elle assiste à des conférences, des séminaires et participe à des activités de sensibilisation à l'autisme localement et internationalement, partageant ses expériences professionnelles et celles de parent d'un enfant autiste. Ses joies sont de passer du temps de qualité avec sa famille, de se promener dans les bois et voyager à travers le monde pour sensibiliser à l'autisme et aider à améliorer la vie des personnes diagnostiquées autistes ou atteintes d'autres troubles connexes.

D'autres aventures de Meghan et sa famille arrivent bientôt!